年代诗丛
第三辑
韩东 主编

鲸鱼马戏团

叙灵 著

江苏凤凰文艺出版社

图书在版编目（CIP）数据

鲸鱼马戏团 / 叙灵著. — 南京：江苏凤凰文艺出版社，2025.1（2025.4重印）
（年代诗丛 / 韩东主编. 第三辑）
ISBN 978-7-5594-8096-5

Ⅰ.①鲸… Ⅱ.①叙… Ⅲ.①诗集－中国－当代 Ⅳ.①I227

中国国家版本馆CIP数据核字（2023）第216701号

鲸鱼马戏团

韩东 主编　叙灵 著

出 版 人	张在健
策划编辑	于奎潮
责任编辑	孙楚楚
封面题字	毛　焰
装帧设计	周伟伟
责任印制	杨　丹
出版发行	江苏凤凰文艺出版社
	南京市中央路165号，邮编：210009
网　　址	http://www.jswenyi.com
印　　刷	苏州市越洋印刷有限公司
开　　本	787毫米×1092毫米　1/32
印　　张	8.5
字　　数	138千字
版　　次	2025年1月第1版
印　　次	2025年4月第2次印刷
书　　号	ISBN 978-7-5594-8096-5
定　　价	50.00元

江苏凤凰文艺版图书凡印制、装订错误，可向出版社调换，联系电话 025-83280257

目 录

第一辑 孤独的声音（1992—2004）

春天谣曲	003
我就要离去了	005
当十月的稻穗飘香	007
孤独的声音	008
白色的山茶花	009
哪里的橘树	010
傍晚的天空	011
西禅寺	012
我的女友黄又青	014
悲伤	016
爱情	017
恐惧	018
夜晚之光	019
香山访木槿	021

第二辑　舅舅的湖泊（2005）

- 在我们体内　025
- 雨中运动　026
- 小贩邢吉清的清单　027
- 秘密工厂　028
- 夏天　029
- 潜行者　030
- 德克萨斯州的巴黎　031
- 安静　032
- 厌恶　033
- 一支忧伤的曲子　034
- 舅舅乡下的湖泊及幻觉　035
- 阴雨天的女孩　036
- 身体静静腐烂在山谷　037
- 人民大学操场的反光　038
- 形迹可疑的人　039
- 老雕　040
- 杉木河的隐者　041
- 西江的罗伯·格里耶先生　042
- 星空　043
- 切割机的声音　044
- 监狱　045
- 三大恶少　046

	病孩子的烟囱	047
	姑姑·残雪·裁缝店	048

第三辑　蝶恋花（2006）

温柔乡	051
福州	052
三月初的一个夜晚	053
软体动物	054
1985年随舅舅在水库偷鱼	055
童年的小镇	056
蔚秀园有一只鸟叫	057
1978年下午三叔有些哀伤	058
妈妈	059
1990年山村张保保家	061
植物农场	062
蝶恋花	063
爸爸	064

第四辑　拥抱（2007—2008）

拥抱	069
13号通道	070
朝来森林公园	071
鲸鱼的呼吸	072

	归来	073

第五辑　羽毛（2009）

羽毛	077
泸溪白沙河堤听小雅说起星斗	078
凤滩	079
浦市码头	080
绿头苍蝇	081
阳台旁的菜地	082
气味	083
蓝丝绒	084
乌兰巴托草原	085
嘿！伯格曼先生和法罗岛	086

第六辑　猪坠井（2010—2011）

康斯丹郡	091
有轨电车	092
对葫芦河的一次简单叙述	093
鲸鱼马戏团	094
图像采集区域	095
猪坠井的那一天	097

第七辑　远处群山（2013—2014）

远处群山	101
切菜	102
对秋季小汤山镇的一种回忆	103
孤独	104
神奇梦	106
葫芦河小叙事	107

第八辑　一个隐士（2015—2016）

山雾	123
眼前一座山	124
西昆溪	126
在溪边遥望群山	128
山羊	130
星星会不会打呼噜	131
从石头取暖	132
南无寺往下	133
在新都桥观景台瞭望贡嘎雪山	134
我们总得相信点什么	136
一个隐士	137
下山时，月亮突然爬上山岭	139

第九辑　汲泉（2017—2018）

砌墙	143
恒山	145
鹅峰寺	147
隐士	152
福州榕树	153
叫不出名字的植物	154
鞠曦老师	155
万法皆空	157
日子短促	158
领悟	159
松江河	160
野鸡	161
劈柴	163
阴晴不定	165
汲泉	167
星空下去溪边提水	169
郁郁黄花皆禅心	171
知道的东西越少越好	172
三轮小推车	173
南山	174
凡夫	175
长歌吟	176

青峰山寻隐者不遇　　　　　　　　177

第十辑　寂静山脊（2019）

朝台手记　　　　　　　　　　　　181

观台的方式　　　　　　　　　　　190

两本书　　　　　　　　　　　　　191

访终南山　　　　　　　　　　　　192

整个山谷在止语　　　　　　　　　198

第十一辑　山中偶记（2020）

那年从冻河上走过　　　　　　　　201

碗　　　　　　　　　　　　　　　202

寂静有声　　　　　　　　　　　　203

明日去山谷　　　　　　　　　　　204

桌面边缘　　　　　　　　　　　　206

扫把　　　　　　　　　　　　　　207

声音　　　　　　　　　　　　　　208

听一只鸟清唱　　　　　　　　　　209

野兽　　　　　　　　　　　　　　210

尘世苦　　　　　　　　　　　　　211

动物足迹　　　　　　　　　　　　212

灌溉　　　　　　　　　　　　　　213

醒来　　　　　　　　　　　　　　214

完成	215
必备功课	216
菠菜与野酸枣	217
山顶的叫喊声	218
倒春寒的早晨	219
开荒	220
王老师	221
遥望密云水库	222
从山顶搂草喂牛	223
野花	224
巢	226
小钟	227
小湖南	228
异味	229
拔野菜	230
播种	231
三棵松树	232
种玉米	233
河	234
凉叶	235
从乌云里降下雨滴	236
野鸭在月光下盘旋	237
在河边吮吸空气	238

观看事物	239
月亮有时浑圆	240
潮白河即景	241
墨云	242
走向荒野	243
最美丽的一天	244

第十二辑　走入荒野（2021—2024）

沿途	247
幻象	248
旋覆花	249
陶吴镇	250
黄坑天池	251
光柱	253
看着	255
荒野之歌	256
内心之景	258
一个说明	259

第一辑

孤独的声音（1992—2004）

春天谣曲

一

春天没有颓枝败叶
春天没有无家可归的流浪
去年的燕子已返回旧巢
人们像鸟儿飞落在田野上
稻田被翻犁　沙地播下了种子
姑娘们的歌声随着河水流淌
而诗人就像那辛勤的工蜂
在花朵上采撷着爱情的芳香

二

紫云英开遍的天空
太阳像支红烛照亮村庄
在荒凉的渠道旁

小小的雏菊落寞地开放

像那因爱而憔悴的姑娘

田野上的燕雀说

有一种花最苦

叫做忧伤

而村子里的人说

有一种人流浪

只是因他怀着希望

1992.4.20

我就要离去了

我就要离去了
只带走九只蜜蜂的歌唱
和一枝橘花的清香
不再需要别的行囊

我就要离去了
大海在遥远的地方
打开它深蓝色的大门
浪花在为落日欢唱

我就要离去了
不再畏惧冰冷的死亡
爱情多么短暂
黑夜多么漫长

我就要离去了
将开始另一种流浪

只带走九只蜜蜂的歌唱

和一枝橘花的清香

1992.6.10

当十月的稻穗飘香

当十月的稻穗飘香

溪水已倦于歌唱

我要像云雀高翔

飞回没有尘嚣的故乡

那儿有世上最美的姑娘

当橙橘在果园闪烁着金光

我要披着夜色悄悄前往

在晚风习习的村庄

在月光照耀的草堆上

静静躺着那最美的姑娘

1992.11.5

孤独的声音

火光熄灭之后
是无限的黑暗
我再也感受不到
叶的颤动、花的香味
以及河流的细语声
逝去的日子是多么珍贵
那时我关心田野和土地
那时我和朋友谈诗为眠
那时我贫穷而自由
终日在故乡游荡

火光熄灭之后
我才懂得
歌颂爱与幸福的诗歌
不会没有用场
为诗流泪的人
不会没有重量

1993.5.12

白色的山茶花

白色的山茶花已开放

在荒凉的山坡上

在长满茅草的地方

白色的山茶花已开放

在早晨的风露中

在阳光的阴影里

白色的山茶花已开放

白色而忧伤的花在开放

仿佛件件不幸的往事

在荒凉的山岗

孤寂而凄茫

1993.6.19

哪里的橘树

哪里的橘树已开花,
哪里的鸟语四处撒;
哪里的河流映晚霞,
哪里的少女美如花。

我童年泥筑的屋子现在哪?
我哼唱歌谣的母亲她在哪?

哪里的稻禾抽出了花,
哪里的村歌处处洒;
哪里的路径通天涯,
哪里的游子泪悄下。

1995.8.12

傍晚的天空

先是一只
接着是几只
最后是几十只
不得不构成了一群
这些本该回家的鸟
在屋顶画着圆圈

2002.8.4

西禅寺

老吴与我
一前一后
在西禅寺晃悠

走进大雄殿的园子
老吴以孩子的口吻说
这里真好
没有一个人

我们晃了一整圈
最后在一张石凳上
老吴还在说
这里真好
人这么稀少

一些混合的光影
来自庙堂、报恩塔和树木
老吴在光影里说

这里真好

人很少哦

2002.10.12

我的女友黄又青

黄巧青
是我的女朋友
前年认识的

当着朋友们的面
我宁愿叫她黄又青

这是因为
我一直相信
是一位诗人把一片枯叶
变成了青色

黄又青从不写诗
但她绝对是个好诗人

她说她不吃荤
是因为未宰死的鱼鸭
老在眼前晃来晃去

有一次

就是这位黄又青

说出一位伟大诗人本该说出的话

——女人比男人长命

是因为女人经常流泪

2002.11.2

悲伤

白天暗了

变黑

夜晚亮了

变白

那棵经冬的树

那棵树上的叶子

最终

没有

从我心上掉下

2003.7.9

爱情

我想不到
一个比喻
来比喻爱情

想着想着
一种东西
像一只虫子
缓缓地
一声不响
便爬了进来

2003.8.14

恐惧

这些年
敌人
没增多
也没减少

时间让我衰老
让我恐惧

恐惧是一辆
倒悬的火车

2003.9.21

夜晚之光
——赠希我

以前
我已写过：

"不知多少次
不知多少个夜晚

"你启动摩托车
轻声地说
叙灵
载你回家"

现在我还是
这样写：

"我像不知事的孩子
理所当然
坐上你的铁马"

明天

我仍会写：

"多少个夜晚过去了

朋友们走的走

散的散

"只有你站在

原先的地方

仍是温和的语调

眼睛也在笑"

最后

这一刻我写下：

"只听见你

轻轻地说

叙灵

载你回家"

2003.12.18

香山访木槿

抹布太脏

涂擦蓝色的玻璃

因此头顶上的星星变得模糊不清

这时只有月光仍是皎洁

像从奶头流出的奶水

趁着薄薄的夜鸟声

泻过香山的林木、干涸的沟溪

就在寂静的夜色里

悄然爬行

这些路边的松林是黑色的

而山路上的石头发着光

我们三人

沿着光亮的石头

蜿蜒而下

寻访那个有植物气味

名叫木槿的女子

2004.10.22

第二辑

舅舅的湖泊（2005）

在我们体内

在我们身体深邃而阴暗的仓库里
隐匿着一辆二手小汽车
所有的器件都是拼凑而成的
烦恼、郁闷、疲惫、无力
它们像牙齿相互紧紧咬在一起

2005.3.18

雨中运动

一棵树在雨中运动

一只鸟在雨中运动

一粒雨在雨中运动

比利时人图森

那个剃光头并且被雨淋湿的家伙

像钟摆一样

做着左右摇晃的运动

不时发出清脆的悲鸣声

2005.4.5

小贩邢吉清的清单

贩子邢吉清

家中排行老四　属猪　三十四岁

小学文化　抑郁症患者（需医院证明）

身高高于 165 cm　低于 170 cm

体重不大清楚　操麻阳高村话　牙齿完好

职业为街头小贩　全年收入二千有余（吃喝拉撒在内）

据说已离异　妻儿下落不明

平生喜好唱歌弹琴　穷开心

家中财产约千本 32 开《中外歌曲》小杂志

稍值钱的还有一台国产电子琴　一张脱漆方桌　四把咯吱叫的老椅子

去过的地方有吉首、怀化、铜仁、洪江、泸溪、花垣等十余地

去这些地方的动机和原因大概是贩山羊、倒水果、卖冰棍、擦皮鞋、干苦力

2005.5.5

秘密工厂

这个制造不幸物品的

秘密工厂

一直存在着

不远不近

一直在那里

一直以来

我误以为它没有冒出充足的浓雾

我误以为机器运作声微乎其微

就没把它当成一回事

"一旦人沦为奴隶

就失去了一半灵魂"

2005.5.13

夏天

小贩的衣物里

黏附着木瓜烂掉的气味

老年人是真正的孤独

在远离死亡的公园里

散步或者聊天

虫子飞舞

裸体的女人

在镜子前发呆

2005.5.16

潜行者

潜水者

一直

在鱼群和藻类的区域活动

如果我没弄错

中关村南大街是一座海底世界

那个潜在深水处的潜行者

他窥视内心的方式

显得胆怯

有几分迟疑

呈现出一份完整的孤独

2005.5.19

德克萨斯州的巴黎

阳光照亮了

对面楼房墙壁的缝隙

那些暗红不规则的线条

像一根根裸露在空中的电话线

它们是孤立的

这种因为空虚而孤立的样子

勾起我对一部叫《德克萨斯州的巴黎》的

电影的回忆

那个下午

跟现在的情形多么类似

2005.5.21

安静

安静的蓝房子

安静的云层

安静的绿公园

安安静静的老人

有风时

榆树的叶子懒懒地动了两下子

安静的

隔夜街道

散发一种干净的气息

真好呀　那些安静的呼吸

内心的隐秘的花园

2005.5.24

厌恶

蓝色玻璃房子

折射的光

被消融在电视荧屏那片幽蓝的水域之中

电视机快睡着了

它的样子像一只懒猫

眯着模糊的光

在这样的一个夜晚

它似乎在诉说

没有什么值得眷恋了

肉身那沉重的负担

让它久久进入不了

那个有湖有草

有微风有树枝沙沙奏响的梦乡

2005.6.5

一支忧伤的曲子

有的时候

断断

续续

时续时断

莫名

其妙

内心会升起一支忧伤的曲子

它飞行着

孤立地飞行着

一直在内心齿状的山峦盘桓

真实的痛苦

那些果实里硬的核

小镇老人

一个人面对死亡时的孤独

一切

似乎

难以言传

2005.6.6

舅舅乡下的湖泊及幻觉

人群

不存在

它是一个幻觉

舅舅乡下蓝宝石的湖泊

沉默着

闪烁一些靛蓝的光

那些安详的日子

舅舅坐在院子里啃着兔子的小骨头

遥望那条通往湖泊的路

必须进入到黑暗中去

必须进入那个感觉不到出口的隧道

2005.6.7

阴雨天的女孩

为什么它们是一些精神焦虑的植物
为什么它们不在阴雨天气中裸露内心
她说
我送你鲜花　它们会枯萎
我还是送你眼泪　它们是纯净的水滴

2005.6.27

身体静静腐烂在山谷

你住在哪儿
我的回答有些悲哀呵
这些年飘忽不定
九〇年那个炎热又漫长的夏天
山村公路
两旁开满了紫色的紫荆花
在回荡寂静的山谷
我一个人独自沉想
如果我没有从这条山村公路走出去的话
我的身体就会在山谷中
静静地腐烂掉

2005.6.30

人民大学操场的反光

光的

夜晚

天空反射

一片蓝色的海

一些星星像鱼类悄悄地隐藏

青草的气息

慢慢散失在偌大的操场中

那些在跑道闪动的人影

像光圈

那样变化着

2005.7.1

形迹可疑的人

一个人

呆在

立交桥下

默不作声

他没抽烟

也不像一个流浪汉

他只是在桥下发呆

深蹲在那里

嘴巴闭合

一只手支着脸腮子

像一个

形迹可疑的

夜晚动物

2005.7.5

老雕

在通往家的台阶上

我向你

谈起普希金

那晚的月亮

又圆又大

又新鲜

有着山橘的颜色

这些年

就这样过来了

我还记得

那晚在你老雕的眼里

有一种羞涩闪亮的东西

仿佛那些鱼类

在长满水草的麻阳河底

静静地浮动

2005.8.17

杉木河的隐者

即使

在下午三点

凉风也会吹透心肺

群山和树木形成的阴影

是那么宁静

偶尔有几次

清脆的鸟叫声

那些像秋叶泛红的鱼类

在清澈见底的河水中

一动不动

2005.10.1

西江的罗伯·格里耶先生

在西江

我想起罗伯·格里耶先生

我想

如果罗伯·格里耶先生

在西江

他会觉得写作是件毫无意义的事情

群山翠绿

空气中流动着醉人的酒香味

2005.10.2

星空

这些年以来

我从未见过这样的星空

在施秉去往凯里的路上

我完全忘记自己曾是一个非常不愉快的人

完全忘记了一路上的疲劳和孤单

仿佛又回到了童年那些时光

像一个惊讶的孩子

以单纯的方式

观察那些密集的群星

它们是那么多又那么明亮

2005.10.3

切割机的声音

我一个人走在街上
一个人都不认识
云朵里好像有人探出脑袋
并且在说话
我听不清他们在说些什么
一栋大楼前
切割机切割金属的刺刺声
好像是我一个人在深夜里
所听到的那种喘气

2005.10.15

监狱

好像是在梦境
又好像不是
反正是在监狱里
铁丝网、矿石劳动场、长满芦苇的沼泽地
像一幅幅极不真实的风景画
隐隐的雾气中
有人在逃跑
他后面并没有追捕人
他仍显得惊慌、软弱及恐惧

2005.10.23

三大恶少

昨夜

我又在梦里

梦见那些小学同学

张钱亮是铁匠的儿子

蓝幸福是裁缝匠的儿子

滕建材是泥瓦匠的儿子

我是钟表匠的儿子

在瓦渣弄幽深的巷子里

就在那条每天放学回家的路上

张钱亮把我的头当作铜鼓敲

蓝幸福死劲掐我的脸蛋儿

滕建材飞尿尿在我的新衣服上

但是

在昨夜

我分明梦见了他们的笑声

那些友善而爽朗的回音

它们像一个个冰雹坠落湖面

2005.11.17

病孩子的烟囱

微蓝的

烟囱

在远处吐烟

极像是

一个病孩子

嘴巴

吐出的冷空气

在这样一个晴朗的日子里

梦都睡着了

一种声音

在身体内部回响着

2005.12.6

姑姑·残雪·裁缝店

残雪做裁缝的时候
姑姑在做同样的事情
布料的香味。缝纫机踩动声。地上的一摊碎布。
青春美好而富足
那时姑姑身上散发一种处女的芬芳
那时姑姑脑壳里有奇形怪状的梦想
为此她整天整天地快活　像风穿过裁缝店幽暗的走廊
今天下午
我在冷风里重读残雪的一段经历时
想起姑姑
仿佛又看到她
坐在我熟悉的那间裁缝店里
正在缝裁一件漂亮的衣裳

2005.12.17

第三辑

蝶恋花（2006）

温柔乡

火车经过的地方

有些

阴暗的涵洞

有些

闪光的湖泊

红嘴唇的鸟儿

憩息在一根根电线上

空气里

有隐隐的咸海味

或许

这个省不应该叫它福建

暂且就叫它

温柔乡

2006.1.13

福州

洁净
这座城市显著的装束
南方棕榈树
还有那些古榕
又高又大
穿插在城市中间
它们像绿色而又透明的火焰
也就是在
八年前
记得是一个早晨
因为流浪
我从市郊快安的一个地方
下车
面对秋天人少的那种
荒凉
我忍不住哭了起来

2006.1.15

三月初的一个夜晚

吸完一口月光

我来到院子里

妻子似乎已熟睡

在树荫形成的暗影中间

一只虫子仿佛在蠕动着

在满地哀伤的月光下

一只身体透明的虫子

轻轻地动了动

2006.3.11

软体动物

一些软体动物

在梦游

它们早已剥出的心脏

晾在窗台

清香的木头上

像一件件被春风震荡的衣物

2006.4.13

1985年随舅舅在水库偷鱼

青蛙的鸣声

是如此地激越

在银子一样清凉的夜晚

舅舅坐在一块石头上

抽他的卷烟

只听见

扑通一声

鱼饵划着弧线

落入水面

这时　我的心在狂跳

周围是杉木林形成的静谧

而舅舅仍坐在一块石头上

抽他的卷烟

似乎没有听见一个孩子的心跳

2006.5.16

童年的小镇

它是悲伤的
仿佛眼泪做的,仿佛是地方戏中的苦梦
舅舅、姨姨、母亲都是爱哭的人
高坪的色鬼
兰里的痞子
绿色蚂蚱的田野
布满了静得要命的阴影

2006.5.17

蔚秀园有一只鸟叫

夜深了

我内心的阴影越来越轻盈

树叶

轻轻抖动了一下

有一种鸟

可能是布谷鸟

它的叫声

犹如一根细针

穿过单眼皮一样的神经

2006.5.25

1978年下午三叔有些哀伤

推开木门的时候

我没看见三叔

1978年下午三叔有些哀伤

三叔首先看到我

是他哀伤的脸朝向我

昨晚一只猫哭了一夜

这时

阳光进了屋

我看见

七八米以外的菜地

在奶奶俯下的头顶

有一只黑蜂

忽高忽低

一直飞动着

2006.5.28

妈妈

年轻时光

妈妈长得很好看

是兰里方圆几十里出了名的美人

牙齿白得如同雪花牌挤出的牙膏

并能唱一手好戏呢

我是多年以后

听父亲好友田麻子说的

父亲骑着那辆凤凰牌自行车

从高村一路冲向兰里

这个爱读《红楼梦》

有点后台的公子哥儿

完全憧憬在爱情的喜悦里

这些美好而新鲜的时光

像水一下子哗啦流走了

有一年春节

我回家

看见

妈妈坐在一张矮凳上

在地上整理一堆蛇皮袋

她的一双手

像鱼鳞一样粗糙

2006.5.29

1990年山村张保保家

桐树已结上果子

我们是那天

上的山

他送木材给我

从山顶往下

运了三十里地

整整花去六小时

那一夜

我就睡在他半山腰的家中

那种如盐的月光

散发着汗香

从幽暗的屋后偷偷爬入

好像是他那浪荡的儿子

半夜打牌赌博归来

2006.8.1

植物农场

不如观察白蚁搬动

蜜与饭粒

沉静的阴天

我甚至想象

中关村是一座植物农场

亮色的石头、荒草、一截截锈铁

在植物疯长的农场里

它们是被视线忽略的肉体

2006.8.15

蝶恋花

必须一个人；

必须经常孤独；

必须恐惧、怀疑、误解、不耐烦、懒散；

这些灰色

一直生长在石缝间的植物，

像人体内部一件件柔和的器官。

2006.10.25

爸爸

一

爸爸那略微弯曲的身体
长年散发一种汽油味
很多时候,他静静地俯身在一张绿漆的杉木桌上
这么多年过去了
回想起来
他好像总弯身在麻阳冰棒厂临街的那个地方
右眼夹着黑边放大镜
手上捉住一把镊子
如同动手术的外科医生那样
正小心翼翼拆开
那只甲虫大小的瑞士牌机械手表

二

爸爸从河堤走来,手提一件锈皮铁桶

闪着光,青卵石滑动的声音

躺在麻阳河底,天是靛蓝的颜色

映染在平缓的河流里,铁桶里那些湿漉漉的滩螺

是爸爸日常嗜好之物,"多吃螺蛳心会澄明"

这句像剩饭一样的话,爸爸说了好多年,他从河堤上走来

身着一件蓝色的确良工作服,却是那样地显眼

2006.10.29

第四辑

拥抱（2007—2008）

拥抱

他径直向那棵树走去,抱着树身痛哭
在他有限的想象里,拥抱一棵树就是
拥抱一个亲人,那些早已去世的亲人
在这样的夜晚里,以一棵棵树的形式
再次回到他的躯体当中,回到心脏每次的
跳动中,回到他开始疯狂拥抱之时,当他
拥抱一棵树,同时他也抱紧了树木深处的虚无

2007.7.12

13号通道

有两种片断的形式
可以用来描述此条路线
从东直门朝西
或者从西直门往东
都经过北苑站
只要从13号通道口出去
你就会看到北苑
这是一个极其荒凉的地方
高压线四处低垂
草木很是萧疏

2008.6.3

朝来森林公园

黄昏时候
他们牵着那些宠物狗
就像挽上自己心爱的恋人
可以说这种暖色构成了公园主要的一种场景

而我却在此以外
自从失业以后
我时常从公园某角度
遥望那辆六节城铁
穿过头顶的树荫
朝东直门方向逶迤而去

每当这个时候
我就会想
以往这个时候我应该坐在六节城铁的某节车厢上
而不像现在
跟这些人工树木、聒噪蝉声、细脚蚊子待在一块

2008.7.28

鲸鱼的呼吸

有谁在深夜里听过鲸鱼的歌声

那种声音

孤单

有时透明

宛如一块蓝冰

容易使失眠患者在深夜里想起

一辆灯火通明的六节城铁经过一片白桦林

所引起的呼啸声

或者是紫绶园 12 号楼旁边

那座耸入半空的烟囱片刻不停往外冒着的白色烟尘

2008.11.22

归来

天堂已画好

在尽头

阳光投下

有阴影的树木、床单与一些圆滑石头

河底人影清晰

那些流逝的正冒着泡沫

杉松旁

一节节被遗弃的火车车厢

是上帝的一片树林

2008.12.30

第五辑

羽毛（2009）

羽毛

雷蒙德·卡佛在小说《羽毛》中提到的羽毛
具体是黑羽毛还是绿羽毛或者是白羽毛?
直到小说结了尾那些羽毛消失在一棵树上
卡佛还是没有提到那些羽毛是黑、是绿或者白
然而今天早上从浴室蒙着一层水汽的镜子里
我看见一根羽毛隐约地浮现
这根不会飞有些干瘪的羽毛就像我们疼痛的身体
它不像黑羽毛也不像绿羽毛更不像是一根白羽毛

2009.1.6

泸溪白沙河堤听小雅说起星斗

一些空气中的异香

是一阵看不见的细雨

淋湿了河堤一些零碎的树木

小雅　你就坐在那里

有时候笑的样子　就像一株早晨的植物

十年以前

这里的河流还是清波

一到夏夜

河边坐满了小镇纳凉的人

仿佛河底那些相互挨着的石头

而夜蓝得如一座湖泊

近得用手就可以触摸

那镶在河面的是一直在闪动的星斗

简直多得让你数都数不清楚

2009.8.1

凤滩

眼前这条酉水
清澈透明得近似于无
那些河里的鱼却毫无依傍
只是在空气中游动一样
青鱼、短头鱼、马口鱼、柴鱼、黑岩鲤、鲇鱼、鳜鱼等
我终于可以叫出
这些鱼类的名字了

记得晌午的时候
我在凤滩电站大坝的上游
那时山雾缭绕
群山翠绿
周围一片静寂

仿佛除了细雨
以及远处不知什么地方的人语
什么都已经不存在
都已经消失

2009.8.5

浦市码头

走过多长的路才到这里
到了这个有点特殊的月光集市

河面真辽阔
星光在涌动

寺庙的钟声包含着静寂
而一个短期的清波幻听者

只是在月下梦游
又会看见些什么

2009.8.7

绿头苍蝇

半塔村离魏窑十五分钟的距离

或者反过来说,魏窑距半塔几分钟的车程

如果是步行

有一条小路,穿过一片芜杂的玉米地

绕过小山似的沙堆,几个在废品收购站垃圾之上

玩耍的孩子,也穿过蜂巢一样密集的简易房,以及

几条臭水沟

半塔村或者是魏窑村

这里或者是那里

飞舞一些绿头苍蝇

空虚

忙碌

甚至无常

我已经虚度了自己的一生

2009.10.15

阳台旁的菜地

椅子是空的

阳台上的椅子是空的

我坐在阳台上的椅子没空

它填满了颜色

而那张空的椅子是白色

鸟的眼睛是翡翠似的绿

一年之中,大概有三分之一

我都陷入在一张填满颜色的椅子里

没有什么重要的事情可以做

只是看着阳台外面的一块菜地

一块葱绿的菜地怎么又枯黄了

也许你是对的

冬天一切都变得空荡

我想,真应该把这块菜地直接搬到阳台上

这样,就等于把菜地上的一棵树也给搬了进来

2009.11.30

气味

烂苹果的气味

十七年以前在惠阳昏黄的路灯下

读《百年孤独》时树枝正腐烂的气味

超市女工皮肤上香皂的气味

冷冽的空气气味

树木散发的类似水果硬糖的气味

半塔村星期六露天集市中午散场时霉蔬菜的气味

还有隔壁

一所小学课间铃

那种极好听的音乐的气味

2009.12.11

蓝丝绒

有时候
一些人需要做不同的梦才会醒来
例如
2005 年 3 月一天我从双榆树 58 号院 11 号楼醒来
2006 年 9 月一天从蔚秀园 27 号楼月租 900 元的房间醒来
2008 年 4 月一天又从北苑家园紫绶园 12 号幽暗的直通过道间醒来
而现在
时间已到 2009 年 12 月 12 日
阳光来到下午的阳台
我只能从魏窑村旁的回南家园 8 号楼醒来
看见
一些雪
像丝绒一样的雪
堆积在阴影处
蓝
或者紫

2009.12.12

乌兰巴托草原

我没去过乌兰巴托
但我已开始回忆这个草原了
我只是在谢飞导演介绍《黑骏马》的一次课上
听说过这样的草原
大概属于高原或者丘陵地带的草原
有巨大的森林、宽阔的河流、近在眼前的雪山
还有一匹黑色的骏马从隆起的草原跑过
我深深为这样的回忆着了迷
而就在西土城 C 口进入 10 号线地铁站的时候
我分明看见
那辆从巴沟村开来的六节车厢
简直就像一匹黑亮的马
从我记忆里的乌兰巴托草原跑过

2009.12.18

嘿！伯格曼先生和法罗岛

住在法罗岛上

就会让时间变慢

就会让我们越来越像过去

到了晚年

伯格曼先生就一直住在法罗岛

他像岛上随处可见的一只黑山羊

就在冰河时期形成的巨大石块间

走来走去

有时他又非常沉默

如果你来到法罗

向岛屿仅有的 600 个居民打听

伯格曼老先生

到底住在哪里哦？

岛民只会告诉你

不清楚或者是

伯格曼先生已经去往天堂

只有我们中间极少数的一些人才会知道

那个长得像黑山羊的伯格曼先生

他至今还住在法罗岛上
现在已是隆冬
在一间宽敞开阔的房间里
伯格曼先生坐在他生前一手设计的俄罗斯壁炉上
他已经好几天都没有跟人说过一句话了
只是坐在那里观望
那些玻璃窗外的暴风雪
或者更远处的海洋

2009.12.19

第六辑

猪坠井（2010—2011）

康斯丹郡

黑暗上的
桥
一辆六节城铁车厢
像一只夏虫扭动
两侧
有几家洗浴中心
相互缠绕着
而康斯丹郡
就静立在这几家洗浴中心的周围
它通体是一种树叶似的绿
据说一些隐姓埋名之流
就居住在这堆绿颜料之中
而中间隐蔽的那些树木和一座人工湖泊
极像
一个处于迷幻时期的幻者
随手
画下的一幅漫画

2010.6.12

有轨电车

在开往动物园的

有轨电车上

我想唱一首歌

天极蓝极蓝

歌还没唱完

眼皮快合上了

有谁还记得你来过这里

曾经有过的忧伤、绝望以及

恐慌

那些蝼蚁

出现

然后又消隐

2010.9.25

对葫芦河的一次简单叙述

河塘的咳嗽,
穿过一阵浓雾,
它们最终打成了结。
一只黑狗跑过,
葫芦河的黑夜变成黑。
一只白狗,
从河堤边的一条杨树林荫道跑过,
葫芦河的白天变成白。
美是一些变化不定的物质,
凡你看见的
都会被人忘记,
比如
河塘上那几片东倒西歪的残荷
以及
岁月泡沫形成的
那几次鸟叫声,
是如此含混与单一。

2010.11.30

鲸鱼马戏团

许多年前
有人说我将会成为一头鲸鱼
可能吧
或许存在某种可能
我将变成一头鲸鱼
一头将在马戏团里
表演孤独、饥饿、抑郁、焦虑、失业等节目的
陆地鲸鱼

2010.12.5

图像采集区域

一台隐藏摄影机

倒悬

或隐匿在

地铁西土城站 10 号线 C 出口

向上延伸的电梯走廊某处

它太容易使人想起一个枪口

对准我们柔软的已结上紫痂的伤疤

一阵冰冷

似乎跌入了深渊

许多年以前

我也是这样托起一杆猎枪

在西晃山盘田乡的山顶

眯上一只眼

瞄准山峦间一只鹰

它平举双翼而盘旋

有时又一动不动

山谷底下的一条溪流闪烁一种明净的光

我动了动手指

但没有扣响扳机

这是因为

这只鹰看上去

一点儿也不足为信

2011.1.8

猪坠井的那一天
——给柏舟

柏柏
爸爸想你

在冷毯子的夜色里
仿佛又听到

蚯蚓拱动深处的土壤
野菊淹没小径斜坡
的轰鸣

这些年
一直在外闯荡
白发与皱纹
只使每一次挫折更深刻

而
唯一不变的

却是一颗未减的雄心

唉
爸爸真蠢

一个人在外寻找

那苦苦
寻找的世界
却正是早已离弃的故乡

爸爸真
愚蠢

那一天
一只猪
已坠入
深井

2011.1.19

第七辑

远处群山（2013—2014）

远处群山

即使隔了两层玻璃

从厨房的窗台上

也能望见远处的群山

它们是那样清晰

以致于让人清晰地看见

六十公里以外燕山山脉的树和石头

似乎只要伸上手

就可以抚摸

那些山的曲线以及它们光滑的肌肤

有好几年

我都这样站在窗台边

遥望那些沉默的群山

就像遥望那从未开始过的一种生活

2013.3.26

切菜

辣椒
在木质的砧板上
已被切成一小块一小块
有时会被切成更细小的形状
这是生活中微不足道的场景
今天却好奇怪
有人听见
辣椒在砧板上扑哧的哭泣声
他切的已不是辣椒
他在切一截截绿颜色的肉体
他很轻柔地在切
他一边切一边心中怀着怜悯
窗外
阳光正在分配树影
他抬头看了看那斑驳的影子
突然间觉得
他敏感得如同一个巫师
仿佛周围的一切都有了生命

2013.3.27

对秋季小汤山镇的一种回忆

只要我愿意

推开门

就能看见星星的滚动

群山辽阔

鸟虫清脆

小镇上空

附近航空博物馆的直升机

轰响着

使四周月光下的空地

显得更加寂静

2013.4.22

孤独

他站立

葫芦河边

看着他的影子

投在河面

宛如那些树影

偶尔

青涩的芦苇丛

两只

或者三只白的或黑的鹭

没有更多

它们寻食似的惊起

盘旋、低飞、上升

翅膀颤动空气的声音

也有几个朋友

住在似乎遥远的城里

有事才通点短信

那几只鹭

飞了几个来回

便像水面树的倒影

消失在一片静谧中

2013.5.27

神奇梦
——赠曾祥源

在梦境里

我梦见自己死了

一团透明的物质

白色的肉身

望着睡梦中的我

望着我做梦的那个地方

不知身居何处

只有静寂

只有杂草和虫子形成的静寂

只有你还会说

好死不如赖活着

只有几只画眉

在倒伏的芦苇丛中

啁啾不止

2013.10.7

葫芦河小叙事

小记:2010年9月,我从城里搬到小汤山镇居住。2013年夏,认识了曾祥源舅舅,他来自江汉平原,是一个隐者,也是一名渔夫。2014年8月,舅舅离开了小汤山葫芦河,不知所终。

第一年:秋

刚从城里搬来,小雪
新的邻居,她就开始说
小区南面有一条河,她也不知道
这条河叫什么,她知道的是
这条河,里面开满了荷花
这时候已初秋,荷花掉了
而硕大的荷叶,还在
搬来的那晚,我就去看了
荷花确实掉了,而荷叶还在

2014.3.20

第一年：冬

已经过去三个月，还是不习惯
从靠近小区的公路上传来的车流声
那种运货卡车在深夜行驶，撞击路面的巨响
它的刺耳
就像在石头冻成了一块透明的冰块的葫芦河上
一个盲人
用竹杖敲击冰面
来辨认路障
所发出的那种声响

2014.3.28

第二年：春

北面，有一块地
去年种西瓜，今年全换成绿油油的玉米

这仍是去年春天的事,那时会看见
来自湖南保靖的石师傅夫妇,在那块很大的地里
浇水,施肥,有时候天黑了还在锄草
他们并没有回到棚子屋里,那座棚子就搭在路旁的
深沟之上
到了夏天,天气很热
中午,他们就坐在棚子屋前的两块石头上吃瓜或者
歇凉

2014.3.30

第二年:夏

曾祥源舅舅,第三年的夏天才认识他
他一直在葫芦河打鱼
为了看住渔网,那些铺在河道中间的结实尼龙网
有时候,他睡在河边的一个有炮仗硝的坟堆里
有时候,他白天把网铺撒在河里
之后,就回阿苏卫睡个安稳觉
在西瓜地浇水或锄草

那对姓石的湖南夫妇

时不时抬起头,很认真地

帮他照看渔网,或正卡在网眼中的那些鱼

2014.4.8

第二年:秋

石师傅夫妇就住在棚子屋里,日夜

替人照看西瓜

屋前,准确说应该是西面

是块空地,很小

他们种上丝瓜辣椒

夏天,我还坐在棚屋前的一块石头上

吃着石师傅从地里摘来的新鲜甜瓜

只过去两个月,再次去那里

路边深沟里散落着

棚屋拆除后留下的一层水泥灰土

还有那些丝瓜辣椒,都已结果

但有些仍在开花

丝瓜开着黄花

辣椒开的是一种又细又白的小花

2014.4.11

第二年：冬

冬天，树木的声音是瑟瑟的

舅舅吃鱼，总是最先从尾巴开始

一直吃到鱼头

我喜欢先吃头，再吃尾巴

舅舅先吃尾巴

后吃鱼头

在第三年的寒冬

舅舅说，冬天的树木是一阵瑟瑟声

过后，他还说了

先吃尾巴，后吃脑壳

这种习惯已保持了三十年

2014.4.16

第三年:春

在一本植物书中,知道了葫芦河有多种植物
它们是黄菖蒲、香蒲、水芹、水葱、梭鱼草、金鱼藻、红蓼
在一本《北京地区植物名录》中,我了解到
葫芦河曾经生长着多种植物
其中有黄菖蒲、香蒲、水芹、水葱、梭鱼草、金鱼藻、红蓼
除了水芹、黄菖蒲、红蓼,在葫芦河中
我根本分不清谁是谁
也懒得去问熟悉这一带的那个叫曾祥源的舅舅
即使我很想去问他
那个时候,也没开始认识他

2014.4.20

第三年:夏

张宵和我,在舅舅的院子里

两人拉起手,围了一圈

也围不拢那棵最小的白杨

舅舅院子靠南的地方,有三棵

最小那棵在中间

我们仰起脖子,才能看到它们的顶

而它们看上去,似乎已到了六七十岁

弯腰驼背的年龄

这样看上去,它们倒显得粗皮皱肤似的

跟我刚认的这个混合着鱼腥荷叶芦苇气味的

大名曾军民、小名曾祥源的舅舅

简直一个样

2014.4.29

第三年：秋

走近草丛，虫子们的吟叫声
就骤然停了下来
那些草丛中间的虫子
即使视力很好的肉眼
也看不见它们
一个人打着手电筒从葫芦河走过
那些草丛中间的虫子
只能让手电筒的光，把草丛拨开
然后视力很好的肉眼，才可以看见它们
而带着手电筒的人，只是照了照葫芦河
就沿着深夜的河堤走远了

2014.5.1

第三年:冬

舅舅的院子,往东走五百米

那是一片草已枯萎倒伏的空地

这片荒地上,总会出现老颜的身影

不论日夜,老颜用铁丝做成一种捕兽器

埋在野鸡和獾路过的地方

舅舅也会做这种东西

但他总是袖着手

坐在暖和的房间里

喝啤酒

还一边听着

CD机唱的薛晓枫的《最后一次》

2014.5.3

第四年：春

夜晚很安静，葫芦河听上去很安静
五月，豌豆大哥在鸣叫
听上去，稍不注意你会认为这是斑鸠的叫声
哥哥，哥，舅舅学了它的几次叫声
听上去，舅舅的叫声
好像不是在这间置身荒野而又逼仄的平房里
而是从很远、很安静的葫芦河
那片芦苇丛中飘过来

2014.5.5

第四年：夏

从桥上，一眼就看到
桥下的舅舅正在布网
他的身子已弯下，河水被一双脚

弄得哗哗响
芦苇向两边倒伏,一条逐渐成形的鱼道
通往经常被舅舅称为地龙的网
舅舅一回头,刚好一阵光
照亮了他头顶位置的一片芦苇
他回头看了一眼,说
哦,你来了
然后,照亮他头顶芦苇的那一片光亮
就消失不见了

2014.7.15

第四年:秋

雨后的夜晚,很迷人
也是很好的
只要肯出门散一次步,就是很好的
夜晚,葫芦河的灯光很好
那些荷叶也很好
雨让荷叶显得比平时大上几倍

这很好

灯光没有完全照亮河中的荷叶

那些很好的荷叶

大部分仍在黑暗中

它们的样子

是很好

2014.9.3

第四年：冬

三个月前，这片靠近阿苏卫的芦苇丛

有十几只野鸭子，仔细想，是十九只

现在，这片芦苇早已倒伏枯黄

那些野鸭啄食其间的绿色浮萍，也变成了冷冽而透明的冰层

舅舅那座院子，有着三棵光秃秃的白杨

隔着一条满是冰块的葫芦河

以及围墙，院后那台变压器仍在嗤嗤响

白炽灯还亮着，

周围是那种空荡。记得,去年冬天
那是夜晚,在院门前
舅舅和我围住一堆刚燃起的柴火
一只野狗,先是一只,过不久
又过来两只,还是三只,高大、凶悍又威猛
从燃起的柴堆旁跑过
没叫一声,很快地就消隐在那被火光照亮的
一片空空荡荡的荒野

2014.12.28

第八辑

一个隐士（2015—2016）

山雾

鸟声

清澈在薄雾里

薄雾在清澈的鸟声中

颂唱

于是

许多事物开始呈现

包括那几声清澈的鸟鸣

而那山雾

由薄变浓

变厚

在鸟鸣声里上涨

上升

从山脚

一直升到松林尖梢的上头

2015.1.2

眼前一座山

眼前一座山
有云块投下的
阴影在移动
一阵檀香
夹杂几粒鸟音
从远处松林而来

今天早上
七八只长尾哥
在兰若小院的园子里啄食
昨天这个时候
常忠师兄下山去了
前几天还在听他说
长尾哥出现
天会下雨

中午
天突然下起一阵细雨

我帮下山的林燕丹居士

收了二次晾在竹竿间的衣服，

过后

约过了几小时

我靠在茶楼的杉木栏边

眼前的一座山

突然被一束光所照亮

2015.1.6

西昆溪

下午三四点

在西昆溪

离解炎桥不远处的一个小潭边

我坐在一块石头上

远处是翠绿的群山

不远处的小土坡

也是一片松竹的翠绿

这种场景

似乎出现过一次

三年前

凤凰的山江镇

那个下午

我坐在一家小宾馆的露台上

注视着

眼前翠绿的群山

一阵山雾来了

群山隐去

一会儿

雾散开

又露出群山的翠绿

就像

这个下午

西昆溪

从远处群山的翠绿中

流出

2015.1.8

在溪边遥望群山

从德成书院

下来

有一条小路

让两排杉木环绕着

早晨

我喜欢在这里停留片刻

再下去

有一处西昆溪汇合成的小潭

裸露出的岩石

清洁而光滑

有时

特别是午饭后

我喜欢一个人坐在这些岩石上

就像坐在整个深潭之上

遥望阳光照亮的群山

在有条不紊的溪流声中

仿佛听见

远处深山村落

村民的交谈

2015.1.9

山羊

一只山羊

不会思考存在的被存在

两只山羊

也不会

三只山羊

更不会

这里的泉水

清澈又冷冽

蓝漆栅栏被一排落叶松包围

三十年前

松山林场还是一座原始森林

目前

只有两只不会思考的羊

在长满小白花的草丛里

走来走去

2016.8.4

星星会不会打呼噜

从美国来的游小建先生

很会打呼噜

但星星

长白山顶的星星

睡着时

会不会打出很响的呼噜呢

大多时候

群星密布的夜晚

香甜睡梦中

在即使盛夏也要烧柴取暖的石炕上

好像听到了

星星们

好像什么都没听见

2016.8.5

从石头取暖

佟总把刚洗完的衣服

晾在石头上

来到书院后

大约已有十天洗不上澡

米菜每天从二十公里外的小镇

运上来

有时是佟总开车下山

有时是别的人

一大早

佟总就把衣服

晾在石头上

让这些大大小小一件件的湿衣物

从石头中

取些暖

2016.8.5

南无寺往下

从南无寺

一直往下走

翻腾的折多河

由南往北穿城而过

逶迤到郭达山脚下

而止息

据说

从郭达山顶

投下来的佛光

很柔软

可能会有人看见

街头

折多河正翻动浪花

而多年前

总是积雪的郭达山

如今却被云雾所缭绕

2016.9.19

在新都桥观景台瞭望贡嘎雪山

应该坐在雪山脚下

藏民的院子中

而不是以这种方式

向上

向前

缓慢地爬行

直到山顶

挂有经幡的最高处

去瞭望

群山之上的贡嘎雪峰

看了半晌

也只能大致看到

一个雪山的轮廓

之后

下山

会有不断上山的人

问你

能看见贡嘎吗

能否看得清楚
我们已经习惯朝远处瞭望
从不会低下自己的头
去看一看
另一座跟贡嘎一样巍峨而
清净庄严的雪山
它隐藏在内心的某个地方
已经许多年

2016.9.21

我们总得相信点什么

什么时候

开始相信

有一盏灯会长明不熄

就像住在折多河两岸的人

神或者不被知晓的那些生灵

今夜

康定地区有中到大雨

长空里闪动着一阵阵雷雨声

2016.9.22

一个隐士

山顶

有一只鹰

在寂静的空气中

一只鹰

在山顶

一动不动地

举着它的翼

二十天前

曾在终南山目睹这样的场景

一个隐士

在积雪清冷的早晨的圆形木桩上

他长时间站在那里

双眼微闭

纹丝不动

他像这只内心已平伏的鹰一样

平举双翼

在积雪缩紧的木桩上
学习那种舍弃、宁静、无欲
以及彻底的遗忘

2016.12.13

下山时,月亮突然爬上山岭

那只鸟

在枯黄有积雪的草丛间

跳来跳去

突然草丛间

一阵簌簌响声之后

天就暗了下来

前面的路仿佛完全被黑鸟的翅膀遮住了

密实的暗色里

没有一丝透亮

你就像一个盲人

摸着沿路尖硬的石头

一路下山

经过满地都是积雪的空阔林时

一阵光

忽然照亮了前面的路

而这时

一轮从未有过如此皎洁的发光体

已骤然爬上

我视网膜中的山岭

2016.12.14

第九辑

汲泉（2017—2018）

砌墙

就为了砌好这堵半弧形的墙

每天

他在一棵浓荫婆娑的山玉桂下

只重复三个动作

搬运青石

码齐石头

然后用抹泥刀抹平石头上的水泥

他那捏紧刀柄的粗短手指

显得很耐心

总是很认真地去抹平

那刚刚又倒落在齐整青石上的一堆水泥

随着抹泥刀的起落

左右移动

那只捏紧刀柄的手背上的青筋

会突然凸起

就像有时候他站在一个土坡上

往下扔青石

手背上的青筋也会

凸起一样

2017.5.10

恒山

从恒山后山

下山

分岔出两条路

一条通往五公里之外的南天门

那天

我赌对了

沿着指向白龙王堂的路标而下

沿途很幽静

除了脚步声

松鼠在林间的跳跃

还可以听见空山的回音

那天黄昏

记得最清楚的一件事

路旁开满了野花

黄花正黄

白花正白

紫花正紫

还有山谷尽头

平躺着一轮橙子色的夕阳

2017.9.8

鹅峰寺

1

现在就在鹅峰寺

现在又不在此

小会在花园里

我在茶楼上

听见三次咔嚓声

很清脆

小会在十几米外的花园里

束腰俯身

剪下三枝菊花

只剪了三次

剪刀发出的声音

好清脆

2

这泡茶

叫青山绿水

第二次举起茶杯时

法照师父

抬头

看了看

小林正埋头

闻她手上泡的那壶茶

这时窗外

微风正吹动一片竹林

我

也抬头

看了看

竹林没在动

微风也没动

这时心里

有什么东西

动了动

3

心完全清净下来

你就会清晰地

听见

四周

那些声音

土耳其导演

锡兰在《五月碧云天》里

讲述一个孩子

爬过一座阳光染为金黄的山坡

山坡上突然响起一个鸡蛋的破碎声

这个孩子很不小心捏碎了一直揣在口袋里的

一个鸡蛋

他是在满山坡金黄的阳光下

捏碎了这只鸡蛋

我不知道

为什么

在这样一个下午
鹅峰寺四周群山翠绿的气流中
想起那个鸡蛋破碎的声音
四周是
鸟鸣、虫吟、狗吠以及远处采石场
石头滚动的响声

4

有十几年
都没抬过头
遥望夜晚的星空
从鹅峰寺到双龙村的乡间公路
又看到了
松林上空的星群
它们明亮、庄严并繁密
当我抬头凝望它们之际
这些星群也在凝视我
星光就洒在公路间
只要翻越这段路

就可以远远望见

在九峰茶场的半山腰

满天星光下

一轮圆月

直挂在远处公路

或者一片松林之上

2017.12.5

隐士

许多年

在葫芦河

我只跟一群野鸭打招呼

有时走过被洗浴中心

或大型超市围绕的街道

偶尔会抬头

望一望

远处燕山山脉

那些沉默的群山

裸露的山顶

披着光

像一个隐士

2018.3.24

福州榕树

从西湖公园

到白马河一带

生长着一些古老的树

它的根须悬浮在空中

或者轻拂着湖面

我走近这些浓荫匝地的树

喜欢在临湖的梦山附近

坐在一棵古老的榕树下

让它细长的根须

轻抚我的脸颊

斑点的阳光

洒在《砌石与寒山诗》集子里

每一个字

都是那么清晰

2018.4.26

叫不出名字的植物

石阶
三米范围内
有好些植物都不认识
难免
羞愧
也不安
这些植物
在风中点头摇曳的样子
好像是
阔别已久
现今又重逢的故人

2018.5.16

鞠曦老师

鞠老师

比两年前

又老了一些

我去了好多地方

见了另外一些人

但一直没有忘记这里

鞠老师

仍站在原地

背手弓身

胡须花白从他胸前垂落

有那么一阵

我们在蒲公英开遍的荒径

讨论神也不是存在本身

而我们人呢

情况更糟糕

我们只是存在的被存在

说完这些

我去厨房做饭

鞠老师迈着苍老的步子

回到了已独居多年

带蓝色栅栏的那座小院

2018.5.17

万法皆空

下午两点
布谷鸟鸣声
落寞
又空虚

一阵雨后
蒲公英
全谢了
有为法与无为法
存在或转换

云从眼前飘过
瞬间
消逝在一片红松林
背后

2018.5.19

日子短促

日子很短
窗边坠落的鸟声很长

五天里
四日阴雨
一日才大晴
必须放下
手头正读得起劲的丹经
圆峤内篇
赶紧起身
从一堆湿柴中
取些湿度较低的柴火
放在石头间晾干

必须赶快挥斧
等阴云还没飘来
劈完
最后一批干柴

2018.5.20

领悟

溪水
用来漱口抹脸
山泉
用来洗心
此外
黄昏
或清晨各种鸟声
用来净耳

下午,面对眼前
突然出现
然后又很快消失的
那些闲云
仿佛一阵风
吹过松林

几枚灰松果
轻轻掉落

2018.5.22

松江河

这座唯一通往
对岸的木桥
已腐朽不堪
每次从其上经过
都会提心吊胆
担心一脚踩空
担心裂缝下面的河水
会涌上你的脚趾

在晨曦
余光之下
站立桥中间
对着桥下的河流喊三声

河水只用
湍急而清晰的流速声
作回答

2018.5.23

野鸡

5月16日之前

万靖师兄

时常听到草丛中的野鸡在叫

5月16日之后

我偶尔

会听见

野鸡

在不知道准确位置的草丛中

咯咯地

叫那么几声

再往后

5月24日

夜间突降暴雨

为了清晰听见

野鸡时断时续的鸣叫

我打开了六间房子的所有窗户

空气

扑面而来

2018.5.24

劈柴

斧头挥下去
整个动作
就是一首诗的构成
斧头落下位置
刚好在木柴的中心
位置找准了
不用费多少力
柴会自动裂开
写一首诗也如此
一把锋利的斧头
能削去多余的词
有些女孩
她们劈不开柴
不是因为力气小
就像形容词和隐喻
会阻碍一首诗
劈柴其实很简单
把柴平放在木墩上

轻松挥斧

整个动作

简单

直接

柴啪的一声

从中

分开

2018.5.25

阴晴不定

响雷从地面

滚过时

贾师兄刚好

把一株茄子苗

填上泥土

高空的太阳

就已被乌云遮挡了三次

我正在热炕读

《段正元语要》

窗户外

传来贾师兄的喊声

雨来了

我几乎裸了上身

狂奔出门

去收晾在外面的衣服

这已经是第三次

一阵暴雨之后

天很快又放了晴

而不远处的松林上空

几团乌云

一直在翻动着

2018.5.30

汲泉

每隔三日

或五日

鞠曦老师

开车

送我们去

三公里以外

峡谷泉

汲水

一只白塑料桶

装泉 50 斤

有时会汲水四桶

有时则六桶

走在最前面的

四川人夏勇

力气大些

双手各抓一桶

很快上了公路

随其后

我累得气喘吁吁

一次只能提一桶

一路踉跄着

水桶会时不时碰击腿部

那泉水的冷冽

透过厚实的牛仔裤

直接触及

腿外侧的肌肤

2018.6.5

星空下去溪边提水

晚上九点

我们去溪边提水

传宏

和彭川走在前

我压后

打着手电

弧形的光

照亮前面的土路

也照亮了他俩手中

四只塑料白桶

返回书院的途中

停下脚步

共休息了两次

我关灭手电筒也

两次

就在手电光熄灭之时

我们抬头

才看见

满天的星星

低垂着

离我们是如此之近

2018.6.6

郁郁黄花皆禅心

雨后

布谷鸟鸣声

接近透明

一堆青石裸露着

从石罅中长出

几朵黄花

一些虫子

在三叶车轴草茎上缓慢地爬行

细微处,水珠

晶莹而透亮

从野菠菜茎叶间滑落

一只蜜蜂停驻在你的指尖

2018.6.12

知道的东西越少越好

不需要知道得太多
不需要一日三餐饱腹
只要你能弯腰
用月牙状镰刀
去割掉门前齐膝长的
蟋蟀草
早晨,我们割完草
又打了一会儿坐
师父在厨房电锅里炒花菜
我站在倒伏的一丛草堆上
遥望十公里之外
武当山金顶
那尖尖的形状
像一个修道者指向空中的手指

2018.7.16

三轮小推车

师父下山

来接我

他手中那辆三轮小推车

是那么醒目

我们从山脚

一路上坡

走了整整一小时

全靠这辆三轮小推车

把我们一周要吃的蔬菜

以及蚊帐、棉被、挡灰的帆布篷

运往

深山处

一座隐秘的茅棚

2018.7.24

南山

雾浓得

整个上午都散不开

我们在一具棺材下打坐

虚无生白雪

寂静发黄芽

那松针尖的山雾

脆且白

如清泉

从头顶处一千三百米的南山

倾泻而下

2018.7.26

凡夫

一直坐在被小山环抱的凉亭里的

我,只是一个凡夫

山上的松杉与桉树

被微风拂过

那些白蚂蚁喜欢在树荫下爬行

诵经

或念佛

并持咒

超越

直到忘记肉身

在风吹动风和叶子的声音里

我并没有忘记自己

只是一粒

追逐光线的微尘

2018.8.7

长歌吟

五月养病于长白山
七月隐于武当一座后山
有时打坐,有时去割草
人生无根,如蓬也如寄
八月在广东,九月下福建

2018.8.8

青峰山寻隐者不遇

我们一行六人

在雪地

挽着自己的孤独

蹒跚而行

蔡居士在前头领路

他再次推开一处柴门

喊了几声

木屋内仍然

没有回应的声音

沉默

山谷间的茅棚

似乎都在禁语

附近有几棵树

树下的雪地上

留着一行豪猪的

足迹

2018.11.8

第十辑

寂静山脊(2019)

朝台手记

小记：8月28日下午13点，从文殊菩萨道场五台山的佛母洞开始步行，至8月30日由东台一条荒路下到西湾村，历时两天半，走完近七十公里路程。

8月28日下午13点（佛母洞至南台，南台至大南庄）

穿过
松树林

天
亮着
林间幽暗

一只
白色狐狸
在脚边
迟疑、穿梭

丢了三次月饼

它

才

站立不动

我们

渐渐远去

8月28日子夜12点（夜宿大南庄）

半夜

推门而出

头顶星云密布

北斗

勺子里的那颗

明亮刺眼

前年深秋在终南山

去年武当山夏天的夜晚

也曾见过

这样的星空

辽阔、宁静

有一份不可言说的

孤独

8月29日上午8点(大南庄至狮子窝)

小道盘山

一

直

往上

狭窄路上

常见

各种标记

有的垒成塔形

有的给树枝绑上

红的白的绿的

绸布

8月29日上午10点(狮子窝往吉祥寺)

黄白相间的

奶牛

在高处或

低处

吃草

它们的尾巴

来回

摇晃着

8月29日中午12点(吉祥寺至西台)

十几辆

考斯特中巴

载着朝山者

在大路

疾驰而过

扬起的灰尘

有海浪高

有一个人

从山上的小路

回头

俯瞰

8月29日下午13点（西台过斋）

外面

风很大

碗里的斋饭

热腾腾

碗底露出

三个字

百岁碗

蓝体

很好看

8月29日下午14点（西台至中台）

一路上

风很大

几乎站立不稳

人的行走

缩成了一个黑点

在天地巨大的虚空间

8月29日下午16点（中台至澡浴池寺）

不仅是这条小路

其他路上也是如此

那些石头上

粘贴着一层被风干的苔藓

颜色

有好几种

像一些符咒

在保护

那些岩石的坚固

8月30日上午8点（澡浴池寺至北台）

上午9点30分

站在北台

遥望澡浴池那栋金色屋顶

长方形的居士楼

草坡间

一条蜿蜒的路上升

一直通往我脚下的这块裂石

即海拔3061.1米最顶处的清凉

8月30日下午14点（北台至东台的途中）

近处，松鼠在嶙峋的山石间

那么

轻盈地跳跃

而远处

云影

缓慢地

移过

只长草不长树木的

寂静的山脊

8月30日下午15点28分（快近东台）

她

拄着

拐杖

挪往山顶

走近

才

看到

那是一根

从

路边
捡来的
弯曲有着节疤的
一截
短松木

8月30日晚19点(东台至台怀镇)

左腿拖着右腿
走了
很久
还没下到
台怀镇
一步一步往下
挪
天没
暗下来
看见了
西湾村亮起的
一片
灯火

2019

观台的方式

站在北台往下看
依次是澡浴池、中台、西台、南台
最后是东台
第二天
从黛螺顶往上看
分别是中台、澡浴池寺、北台
其他台
都消失不见了

2019

两本书

路上徒步,有两本书陪伴
《金刚经·心经》《电影书写札记》
总是记不起,心经与金刚经说了些什么
好像什么都说了,好像什么都没说
山坡的风很大,罗伯特·布列松的声音低沉,他似乎在说,一切运动或静止的元素,只是影像里的模特与面孔
一个人的呢喃,消失于很大的风里
一直纹丝不动的五个台顶,南西中北东,除了缄默的石头,仍然是寸草不生
而山下,一直下到台怀镇西湾或光明寺村
那里佛光普照,四周草木苍翠

2019

访终南山

弥勒台

十六年
一个人
在这荒山野岭里
坐忘
唯一乐趣就是
抬头望望
周围一带青山
或看院子里
一棵古松下
花色狗玩
追逐花色猫的游戏

2019.11.20

朝阳洞

山中
没有什么人
除了一只黄蜂
和清脆
鸟鸣声
沿着鸟声一路上行
到了朝阳洞
但见不上盛道长
他在一所石头垒成的房子里
已闭关
三年

2019.11.21

嘉午台

荒径
躺伏着一些或黑或黄的
落叶
它们等白云
来清扫

近处
峭壁上
积雪
在阳光下
晶亮地沉默着

2019.11.22

西翠花

蜂箱
被遗弃
在土房旁
只有雪地上的脚印
是新鲜的
从终南草堂往东望去
对面的人头山
像仙人那样
飘立

2019.11.23

清凉寺

去年
我们一行五人

去清凉寺

路边塬上草丛隐匿着

十几只野鸡

那时小麦青青

又是初冬

我们仍是五人

再去清凉寺

但没有见到那个老修士

只是在寺院后面的小山坡

走了走

干枯的草尖盛满了雪花

那些无人光顾的树

枝条弯曲着

垂挂一些早已冻结的

红柿子

2019.11.25

子午峪

溪流声
在空谷回响
积雪
有的铺展在树叶
有的覆于石头之上
侯道长去了武功太白庙
做了住持
留守全真庵茅棚的
刘道长
因为寒冷也下了山
山谷里
只留下
清晰的溪流声
雪地上一行野兽的足迹
以及那栗树
还有一些石头、野蓬蒿、几只饥饿的猫
这些天生属于隐仙派的一类

2019.11.28

整个山谷在止语

现在唯一值得做的事是
静默

出家人与隐在深山的隐士
常常用戒律的针线
把嘴巴牢牢地缝合

去年初冬
从嘉午台下来
沿途整个山谷都在止语
只有一条不知名的溪流
穿过荒石与丛榛
所发出的声响

让群峰之上
那些闪烁寒光的积雪
更加地寂静

2019.12.20

第十一辑

山中偶记（2020）

那年从冻河上走过

钓鱼人凿开了
河面几处冰
夕阳在几块零碎的冰上
反射着柔和的光
我把
一双冻僵的手
伸入那如冰洞的口袋里
孤独、寒冷以及盲目的念头
冰面上
只有我一个人
从河岸北
向南岸走去
南岸站立好几排标记着数字的白杨树
也许
我走过那有着洞口的河面
只是为了
数一数那标记黑色或白色数字的
一些树

2020.2.22

碗

一只完整的碗

有着宇宙空间的广阔

繁星点点

充满了寂静的声音

一只缺了口的碗

好比一口钟

敲击时

这只有着缺口的碗

会在时空内部

发出

那种持久而洪亮的

鸣响

2020.2.24

寂静有声

寂静里

也是有声音的

一种细微的虫鸣声

就像一个人在冥想中

会看见

坐垫上升起点点繁星

那繁星

一明一暗

虫子们的鸣声

也随之

时起时停

2020.2.26

明日去山谷
——赠田爱民

乌巢河上游

一处深谷里

永顺人田爱民在此搭建一座小木屋

名曰明日去山谷

头舔舐着田野

四周层峦叠嶂

如手臂那样弯曲

木屋山墙一侧写着

直觉、直观、自助、助人

这些山谷村民下田归来,渴了

就在门口捧一手清泉

饥时煮一锅自种稻米

炒些豆角茄子或南瓜

在春天

还可以尝到菜薹的甘甜

四年前

夏天

我们一行三人

曾去过山谷

从高出水面的石头间蹚过

返回的途中

爱民指了指路旁一个被捣毁的野蜂窝

那消逝的

都只是幻觉

2020.3.2

桌面边缘

桌沿

五级西南风

从窗外隐隐吹来

那些长期伏于平面的纸张

站立不稳

失去了往日平衡的控制

好像一个过度悲伤的男子

身体抖动不止

2020.3.20

扫把

空气

有浮尘

风的扫帚

昨夜把大地清扫了一遍

现在阳光像熟悉的一位朋友

推门进来

照亮了窗外

树木

车辆以及

疏朗的一切

2020.3.21

声音

深夜

一种声音

在回旋

洗衣机搅动衣物

那种声响

单调又孤独

在月光投下的一块阴影中

这种针尖

浑浊之声

突然一阵响起

最后又突然地寂灭

对于一个同样孤独太久的幽居者来说

它,听上去

并不那么循环单调而

略显哀伤

2020.3.22

听一只鸟清唱

小径荒芜

无人迹

两旁被灌木丛遮蔽

地上

落着去年的松针

或零星松果

用木棍分开

光秃秃的树枝

来到山顶的空阔地

坐在石头上

听

一只长尾鸟清唱

2020.4.12

野兽

隔了一座山
隐约看见
对面
稀松的草木间
一只动物
疾走着

白色
硕大

一会儿
就消失不见了

2020.4.13

尘世苦

从后门出来
除了两株桃树开得正好
总能
碰见
下面一座新坟

它似乎在提示
那个脆弱的生命
无常
以及
山下
尘世的苦

2020.4.13

动物足迹

早上六点

山顶

小钟让我留意脚跟

砂土

一行动物的足迹

低头仔细看了看

三角形

一大一小两只野鸡的脚印

它们出来觅食

比我们起得还早

2020.4.14

灌溉

王老师驾一辆犁地机
闯入
荒废的院子里

我朝相反的方向
走入
麦地
给浇水的管子
调换了
一个位置

2020.4.14

醒来

深夜

天空

透亮

让院子里的

草木

物件

清晰见底

2020.4.15

完成

住山

是困难的

那么多

一件件具体事情

需要

指纹被磨光的

一双手

来

完成

树下的一块石头

闪耀着

需要

那手

让它滚动起来

2020.4.15

必备功课

从田间
回山庄
王老师给
我们安排一项
必备功课
必装一车干草
喂牛羊

有时
我就坐在车后排的
一堆干草中间
体内
也慢慢有了
那些干草的清香味

2020.4.16

菠菜与野酸枣

山庄
几十年未污染的
土壤
种出来的菠菜
摸上去
有一种油质光滑的
厚重感
婴儿耳垂的肉
也是这样

至于野酸枣
登山时
路旁随手可摘
吃了几颗

有点酸
且甜

2020.4.17

山顶的叫喊声

每天清晨
小陈伫立山顶
哇哇哇哇地吼叫

她胃不好
驱除胃气,才如此喊叫

但我们怀疑
她身上有附体
那不是作为一个人的嘶吼

那声音
跟一只凶猛动物
所发出来的
没有两样

2020.4.17

倒春寒的早晨

山谷
漂浮着寒意
草木气息

快近山顶时
阳光照亮了
一条连接六个山顶的小径
四周每棵树都清晰可见

此刻
山下村庄
突然传来几声狗叫

似乎打破了
山上的宁静

2020.4.18

开荒

王老师
在山顶开垦荒地
162块大小不一的沙地
先后种了小麦西瓜羊角脆甜瓜

周围野酸枣杂乱丛生
长满了锋利的刺
王老师拿着一把大铁剪
在荒地旁

一会儿直身
一会儿又半蹲
剪那些带刺的
野酸枣树枝

2020.4.18

王老师

二十年以来
没洗脸刷牙
只要别人洗了
他吃饭用的碗
立马连碗都丢掉

他的一双手沾满了黝黑的泥土
腰间扎一根麻绳
随地撒着野尿
说着一口河南信阳土话

好几次
在他跟你很专注地说着话时
突然一阵发狂
他像一只山羊
飞快地从山顶
向山下绿龙山庄方向
蹦去

2020.4.19

遥望密云水库

来高岭镇
已是第九天
在山顶
由于天气原因
前几天
一直看不清楚四公里之外
如湖泊一样的密云水库

今天再次
爬上山顶
终于可以清晰地
看见
一汪清水

整个水库在阳光下
闪烁一些宁静或自在的光

2020.4.19

从山顶搂草喂牛

每天清晨

爬山

从山顶

挟一捆麦秸下山

来了十天

都没见到

一头牛

那些黑牛

就在

远处的几座深山下

静静吃草

2020.4.20

野花

林管员的蓝漆房子旁

长着一株白海棠

同样是白花

另一天

我从山顶遥望东面一座山

半腰有几株野杜梨

开得正好

几乎没有什么人来到这里

它们不会被人知道

正如下山的路很隐秘

有一段斜坡

很陡峭

接近松林的下山路的

一堆乱石里

我发现一丛米口袋

紫色

跟在绿龙山庄西侧公路旁

所见的那株紫丁香

颜色几乎

一模一样

2020.4.20

巢

通往

另一个山头

一条隐秘小径旁

树篱间

悬挂

孤零零的鸟巢

里面装满了

枯叶

与满山空气

2020.4.20

小钟

小钟站在松林阴影
掩映下的一块麦地间

拿着长长水管
埋头浇地

他笑起来
裸露出
一层黄色牙石

有一回
小钟在温棚里
偷吃了一颗草莓
浓郁的香味
让他说出一句：
王老师，请原谅
我不偷吃
老鼠也会吃

2020.4.21

小湖南

小湖南 12 岁,来山庄快 10 个月

他有时住山庄,有时住龙潭沟深山

看管那些猪牛羊

大猪 40 头,小猪 60 只

羊约 200 只

牛原本 17 头,今年死了 3 头

他数着这些数目

搂了好几次

松垮下去的裤子

脏兮兮的脸上

一双眼睛

显得既干净

又贼亮

2020.4.21

异味

外面人

凡来山庄

王老师都觉得

他们身体内

有异味

酸酸的

他要求这些人

先去屋子后面的

山坡跑几圈

跑出满头大汗后

像一只只牛羊归圈一样

再回到山庄

喝粥

吃一些

苦野菜

2020.4.22

拔野菜

下了一场雨
去
露天拔野菜

对面
一块斜坡
分布着几个猪圈

蹲身
拔了一会儿

二三只黑猪
从斜坡那边
爬了上来

2020.4.23

播种

傍晚归来
王老师又叫我去
播种
小白菜

刨沟四厘米
种子要均匀撒入

撒好
最后一粒
抬头看到
小陈正蹲在
前面的菜地里
拔着
一片茂密的野草

2020.4.24

三棵松树

到达山顶时
从三棵松树下
跑出一只黄毛狗

前天清晨
小钟
就在这松树下
站桩默念

我站在同样的位置
身体慢慢飘浮了起来

隐约看到
那只狗
从山巅
一条荆棘丛生的小径
往山下
匆匆跑去

2020.4.25

种玉米

那双手
黝黑粗粝
小心地剥离开附在苗上的一层黑塑料
双手捧护
不让
松软的黑土从指缝流出
移放入
十几厘米深的垄沟里
然后
轻轻地把四旁的细土
扫进土坑

浇过水后
苗叶
泛起绿光

2020.4.26

河

河
有自己的语言
那种属于河自己的
说话腔调
打碗花上
一只小虫
在腾跃
远处青涩芦苇丛
突然飞出了几只黑鸟
它们跟河一样
有时候说着
只属于静穆者的
话语

2020.5.20

凉叶

柏油路
一些斑驳暗影
来自
每片
杨树叶子
地上
那些叶影或大或小
非常的
清凉

2020.5.22

从乌云里降下雨滴

一团云

乌黑

滚动着

河面几滴雨

从乌云方向

滴落

他和杨斌穿过

一条设置铁栅栏的马路

路边

杨树

以及树下的眉毛

鼻尖

都有那雨滴

在闪亮

2020.5.30

野鸭在月光下盘旋

去年夏天

蟋蟀草遮蔽了

通往河岸边的

一片荒野

以及这条路

好几次

大概是黄昏之后

有好几只野鸭

在月光下盘旋

踩过齐膝的草丛

几只青蛙

跃入水中

所形成的寂静

让来自芦苇丛间各种

鸟鸣

好像是从河的底部

升起

2020.6.3

在河边呡吸空气

鸟声

随处都有

想听什么

这些隐身在芦苇或树丛间的精灵

就会布施什么样的清鸣

除了虫蚊

这里一切都是干净的

最干净的是

空气

以及已与鸟声

融为一体的河边

一丛丛青色植物

2020.6.15

观看事物

小径两旁，植物
散发的香
让皮肤清凉

潮白河两朵花
一朵紫野蓟
一朵白色曼陀罗

摘野苋菜的身影
呈斜角，一会儿弯腰
一会儿隐没于草丛中

鸟鸣或虫声
密集，像风一样
吹动着河面

2020.7.22

月亮有时浑圆

黑夜

不是黑暗

黑暗是

暗的黑

正如

月亮

不等于浑圆

但有幽灵游荡的河岸

那空气

极高处

一轮明月

浑圆

且透亮

2020.8.26

潮白河即景

野鸭

在长满浮萍的水域

啄食

大概有六只

除去一只

刚飞落

这时,天比以往

都蓝

到处是一些比人还要高的

草丛,反而适合

一个已经得到安宁的人

在密集而封闭的阴凉里

隐姓埋名

2020.8.28

墨云

一块墨云投在河上
澄清的镜面,静止不动
已很长一些时间

鱼跃出水的声音,打碎镜面的宁静与完整
草丛间偶尔几次鸟鸣
还有对着黄昏,那些一直低吟的虫子

起身,一朵白云垂挂天际
沿着小径的静谧的边缘
向荒野的深处,独自走去

2020.9.7

走向荒野

向荒野延伸的

路,只有那么一条

起身,推门

步行十五分钟

到河边时,天完全暗了下来

他熟悉的一切

如往常一样呈现

那浓郁的艾香,在泥土路四周扩散

钓鱼人打起照明灯,河面上形成一个个白或紫的圆圈

对了,河对岸总会亮起八九只灯

远处有汽车前灯,把蜿蜒的路照亮

他在河堤慢走

在草丛中摸索

试图推开

那河灯照不到的

一团黑暗

2020.9.16

最美丽的一天

一直往西
高于河堤的
林荫道
杨树高大
它们的宽叶上举着
被阳光照亮
并闪烁的
一滴水
在河的平面
坠落
那些没有名字的
虫子
细小卑微
轻轻跳跃着
草茎上
留下它们
暗淡而又微弱的身影

2020.9.19

第十二辑

走入荒野（2021—2024）

沿途

香味

于舌头间绕来绕去

植物体内渗透出来的

液体

前面草丛

遮挡了刹车声

有人关闭车门

并从后备厢

取出钓具

对面

一只灰喜鹊栖枝而坐

有那么一对黄蝴蝶

可能是白蝶

嗅着什么

沿一条土路

忽上忽下飞行

2021.6.15

幻象

几只蜻蜓

或者是蝴蝶穿件花衣裳

在草尖

盘桓着

短暂的生

且死

那些长于盛夏的草木

茂密

而脆弱

河水退了

几只野鸭

仍嬉戏于绿得近乎幽的

浮萍间

2021.8.4

旋覆花

它像是

某种沉默的金属

擅长在一片荒野

开花结果

短茎弯折处

隐匿着肉眼看不见的

几只虫子

仿佛是模仿者

在重复花瓣那样柔和的

曲调

2021.8.14

陶吴镇

工业品体验中心
白色
几个字
熠熠闪耀

对面
一座巨大的荒地上

那些杂草
形成的阴影间

一头牛
独自
站在那儿
吃草

2022.3.15

黄坑天池

车子
沿着崎岖的山路
一路上升
我们一行四人
到达黄坑天池时
夜已深黑
四周空气很冷冽

园林师林金龙
抱了一堆松木进屋
我们一边劈柴烤火
一边饮着从窖中取来的红酒
第二天
从宿醉中醒来
才发现
一些精致的古典建筑
全都伫立在山顶之上
自己也是在群峰之巅睡了一夜

被松针的芳香一直围裹着

几尺之远
那些松杉粗糙的皮
被阳光晒了整整一个上午
那种合适的温度
仿佛从树身一直传递到
抚摸它的指尖
之后顺利抵达并进入了
身体内部的某个器官

直到这一刻
我才清醒地意识到
那些树木比我们肉身
更温暖

2022.9.20

光柱

——赠顾北与鲁亢

站在

高盖山九龙顶

就会发现

福州城被群山环绕着

山的北侧

多年前

曾出现一道光柱

照亮了群山与城市街巷

以及那些古老榕树的根须

山顶上

南天宫路旁

开着几棵微红的桂花

异常地清香

它的气味

类似于多年前那道光柱

点燃了信徒

下山

的路

2022.10.30

看着

一世即是

一瞬

反过来,也成立

云水僧已托钵远行

一个清净的人

等于一座寺庙

菊芋有着金黄色的花瓣

极好看

一只花蝴蝶

扇动着轻的翅膀

花朵上

停留

我只是一个旁观者

看着这一切

就好

2023.9.19

荒野之歌

沿着留有车辙的雪地

往前推进

本来,是想朝向另一条通往松林的路

想象一下,如果顺利抵达那儿

摇动松枝　那些雪花纷纷洒落

该是另一种情景

无奈,完全被雪深埋

只好沿着这条被私车碾压过的临河之道

深浅不一地

朝荒野奔去

此时,未结冰的河流

宛如小狗的尾巴

在光秃秃的树杈间摇晃

雪地并不那么光洁

一些枯枝枯叶

留下斑驳的痕迹

而不远处的旷野,空无人迹

它唯一的修辞是素净

走了一阵,累了
停在原地　想象了一下
一直躺在那暖气充盈的房子里
还不如
把这具不能挡住风寒的肉身
炼成一座荒原

2023.12.15

内心之景

翻过几个山头

便是山顶了

雨越下越大

刚上山时

只落了几滴

凉凉的

如今在一处凉亭

躲雨

雨帘模糊了远处山峦的翠绿

除了雨声

一只松鼠

在不远处的树枝间

不停

跳跃着

2024.5.30

一个说明

2002年，由楚尘策划、本人主编的"年代诗丛"第一辑出版，2003年出版了"年代诗丛"第二辑，两辑共二十本。"年代诗丛"一经出版，迅速成为当年诗歌丛书有口皆碑的品牌，就诗歌写作而言，亦标榜了必要的专业性标准。时至今日，入选的诗人大多已成为汉语诗歌写作中名副其实的中坚力量，如杨黎、柏桦、翟永明、何小竹、于小韦、吉木狼格、小安、杨键、蓝蓝、伊沙、刘立杆、小海。但由于种种原因，"年代诗丛"的出版未能延续，当年的盛举已逐渐化为一个遥远而美丽的传说。

感谢江苏凤凰文艺出版社，有如此魅力和信心重启"年代诗丛"。二十年过去了，今天的出版环境已不同于当年，诗集出版量剧增，某些情形下甚至有泛滥漫溢的倾向，喧哗骚动中更显出了自觉写作者的被动、孤寂。选编"年代诗丛"第三辑（重启卷）的目的一如既往，即是要将其中最优异且隐而未显的诗人加以挖掘，呈现给敏感而热情的诗歌读者。这应该也是编者和出版者共同意识到的责任。

因此我们的选择无关诗人的年龄、知名度,要求的仅仅是写得足够优异以及具有独创性的新一代诗人,特别是其中对读者而言较为生疏的面孔。"年代诗丛"也因此寻觅到一个新的开端,是为"重启"。希望下面还会有"年代诗丛"第四辑、第五辑……

以上文字并非后记,只是一个必要的说明。

韩东
2023.9.17